声影記

小原奈実

港の人

声影記

声影記　目次

I

装画　ナカノヨーコ

I

鳥の影

カーテンに鳥の影はやし速かりしのちつくづくと白きカーテン

わが過ぎし空間に陽がなだれこむ振り返らざる朝の坂道

仰向けに蟬さらされて六本の鉤爪ふかし天の心窩へ

水溜まりに空の色あり地のいろありはざまに暗き水の色あり

試験管の内壁くだる一滴の酸　はるかなる雲はうごかず

談笑のならびのままに座礁せり霧笛やさしき放課後の椅子

夕闇に汗にじみゆく　洋梨の軸はあやふく宙に凭れて

剝かれたる梨のあかるさ身のうちに蜜をとどむるちから満ちつつ

声あらば鋭きならむふち薄き陶器の碗は鳥の眼をせり

いづこかの金木犀のひろがりの果てとしてわれあり　風そよぐ

てのひらのくぼみに沿ひしガラス器を落とせるわが手かたちうしなふ

ほのひかる垂線ほそくふとくほそく秋雨に濡れはじめたるビル

読み終へし手紙ふたたび畳む夜ひとの折りたる折り目のままに

ゑんどうの花の奥処をまさぐりてメンデルは夜に手をすすぎしか

切り終へて包丁の刃の水平を見る眼の薄き水なみだちぬ

薄き殻はりはりと割る　冬晴れの虚空に羽化のひびきはるけし

作曲の音符をひとつ記すたび天のざわめきしりぞきゆくか

犬飼ふを勧められたる夕べよりしづけさはしなやかに尾を振る

血球が血管を掠る音などをしづかといへり二月まひるま

しんねうを書き納めゆく筆圧のつかのま強し卒業の日よ

鳥去りて花粉散りたる花の芯ながく呼吸をととのへてゐる

天空

注がれて細くなる水天空のひかり静かに身をよぢりつつ

刃と葉脈

地上なる掌《て》のあはひゆゑ底ふかくひかり容れまた放てる硝子

わが今日を忘れむわれかとりあへず鈍色のダウンコートなど着て

白梅の八重ゆるみゆくまひるまにゆるみあまりしひとひらの落つ

遠き日となりし講義に馬が指をうしなひゆきしさまを聴きゐき

雲のあひに陽光の直進が見ゆ電柱は都市の小骨なしつつ

知らぬ間に坂となりわれは上りゐき春の歩みはあはあはとして

包丁の刃と葉脈の交はれるあまたつかのまよ紫蘇匂ひ来つ

たちまちにむくどりの発ち鳩発ちぬひとを思ふとき人は発ちがたし

枝ながら傷みゆくはくもくれんの花に花弁のかげ映り消ゆ

重量

駆け降りて身に加速度の余りたり坂のふもとのコスモスの群

つばさひろく朝の空気をおさへつつ水のかたへに尾長降《お》り来ぬ

蜘蛛の糸樹間に細しつたひゆくおそ夏の陽を血となさむまで

身にかろくかかりそめたる夕闇のほつるるごとく黒揚羽ゆく

脚ほそく触れたる面《おもて》せきれいの重量ほどに砂緊りたり

触るるなく見てゐしもののひとつにて海は合掌のごとく暮れゆく

わが去りて全きしづけさを得たる部屋をおもひをり戸をとぢてしばらく

藥と顔

空の唇《くち》享けたるごとき水紋のひらきつつゆくひとつあめんぼ

虻の胴突如浮きをり初夏の眼にみえゐるものはすくなけれども

曇天はけぢめなく暮れ路ごとに樹のはなどきの憶えある街

室内の像の彩度をつよめゆく窓よカーテン引きて夜とせり

飲食《おんじき》はふかしぎの滝淵ふかく投ぐるたび身は濡れてながらふ

睫毛ほどちひさき針の時計にてくるしきときは己が脈とる

百合に藥、生者には顔　空間に掲げて何のおとなひ待たむ

ほんたうにこの世は五月さへづりのそれぞれに聴く梢のたかさ

贄

驟雨近し　いまわが匙を逃れたるゼリーに繊き聴覚ありて

われよりも若からむ樹よ風の揺れ小鳥のゆれとわけて識りたり

突風は魚群のごとくひるがへりほそき一尾を喉に捕へつ

黙すことながきゆふさり息とめて李の淡き谷に歯を立つ

大学の夜はつぎつぎにくぐりゆく空よりくらき錐《すい》なる銀杏

佇《た》つによき生薬学の書架の辺へけふ踏み台がちひさくありぬ

抱き来し本に移れる身の熱を贄《にへ》のごとくに書庫へ返せり

頸は林　解剖図譜をひらきたる上にグラスの露したたりぬ

肉体のわれを欲るきみ切りわけし桃に褐変の時が過ぎゆく

病院へ並木つづけり往路、帰路、とはの往路もあらむか樹下に

論なべて英語なれども言ひよどむ思考に母語の母音にじめり

のみくだす喉の音して昼食を終へし一人がラボへ戻りぬ

齧歯類の死後のしばしを冷しおく野菜室あり二匹を加ふ

転げ落つる頭の音　断頭の済みたるものを捨つる袋に

朝の陽を畳みこみつつ垂るる蜜あかるさに身のなにをやしなふ

機器はわがことばの癖をおぼえをりきみに宛てたる語尾のをんなも

右耳に近き窓より鈴虫のころゐ痙攣のごとく触れくる

公園の奥行なかば卓ありて風に陽の斑《ふ》をこぼしやまざり

からうじてみえゐる風は蔦の葉の裏面が窓のふちにてふるふ

果軸まで濡るる葡萄よ享けたれば水ひといきに腕をくだりぬ

倚る壁のしづけさに眼をつむるとき霧なるわれを壁は堰きゐる

鳥を待つ椅子

梅雨の日を濡れざるままの木陰にてこの世の時の過ぎなづみをり

脳に思惟ともるごとくに藍さしてふかみて褪せしのちもあぢさゐ

続けよ、と書き来しひとの手くらがりに椅子据ゑてながく鳥を待ちゐき

魚跳ねてうをちひさきを　また跳ねてみづのふかきを港におもふ

読み返したる手紙ほど鮮しく舗道に昨夜《きぞ》の雨を踏みゆく

道順はながく直進　炎天に蜻蛉《とんぼ》の筋《きん》のふるへみちつつ

幼鳥の頰の淡さを追ひゐしが群去りて穂の乱れゐるのみ

水底の夕陽となれる光あり直射のはてに橋をくぐりて

脳の夕

ひよどりの空裂くこゑはひきしぼる鳥の喉にて空が啼きゐむ

追ひつむることばはなべてきららかに鷺が魚狩る片足の黄《きい》

雲は夜の闇にごらせてあるものを闇の高度を眼に測りをり

星を聴く器官をたれももたざるに解剖なれば脳切りつくす

わが手技に殺ししものを捨てにゆくしづけさはまづ刃物を置いて

あやまちを卵のごとくならべゐる卓よ夜ふけて傾ぎはじめぬ

言語野はとはにゆふぐれともりゆく灯のあり還りくるひとのをり

鈴

春の日の鳩の歩みを急かしつつ病床なればまだ訪ひゆける

喫茶店にて一椀の時を買ひ鳥の通らぬ窓を見てをり

握る手をゆるめなば鳴り出でてしまふ鈴もちゐしがいつしか失せぬ

水面《みなも》にて折るるひかりと知りながら淵のふかきを見きはめむとは

喉うごくまで服薬を見届けて老いびとをかれの時間へ返す

ゆふやみへするどく沈みゆく坂の都市はあまたの硝子立ちをり

夕立をひとつぶごとにこぼしゐし草刈れば草の体液にほふ

つひに追へず追はずをりたり揺り椅子が灯火《ともしび》ほどにゆれのこりゐて

声と氷

きみは椿と呼べど記憶の前景に蘂散りのこすこれは山茶花

にはたづみまぶしく澄めり風に身を消さむなどとふゆめあきらめよ

樹下に餌《ゑ》を隠す鴉のゆふやみよ言葉かぶせてひとのゆふやみ

こゑにては筋《きん》に勝てねば唇に蜂とまりゐるごとき黙秘を

鉄橋とすすきまじはる川辺より四肢冷えきつて立ち上がりたり

凍結は水の端より　生別は会はむこころをうしなひてより

銀杏ふる　舗道と空のさかひなくことばがこゑへ還りくるまで

虚花集

眠りなさい　かくばかり世を見つめては眼から椿になつてしまふよ

みづからの脳へ夜《よ》ふけて帰りきてこの香はいつの日の沈丁花

しやがの斑《ふ》を欲りてひところ人間のあらゆる食を断てどかひなし

傍らにゐてなほ待たれゐる夕は発語も栗の花吐くばかり

つゆくさは疾うになけれどつゆくさを語りてながらふるこころあり

蝶に訊く来歴かろく風の日にコスモスを踏みはづしたりとふ

萩はただすずしき火の粉　いかに燃ゆともこの胸のこの骨のこと

時を汲む

百合の葯摘めば小舟のかたちしてゆけといはねどすでに在らざり

歳月の霧よりひとをかくまへる腔《くう》あり秋は咳がひびきて

夕映も葉影も羽の上にては鷺のしろさとばかり見てゐつ

風みえて欅散りをり木版のごとくかするる西陽のうちを

鳥を追ひそのまぶしさに眩むうち疎林のなかに眼を失ひぬ

銀杏葉はいかなる葬《はふ》り　蹴り上げて死したるものに陽を漉き込めり

雲の上の空深くあるゆふぐれにひとはみづからの時を汲む井戸

II

鳥の宴

駿足のごとくレモンの香りたち闇のふかみへ闇退《すさ》りたり

くちなしの花錆びそめてゆふぐれか朝かわからぬごとき雨ふる

感ぜざるふるへに水が震へゐる卓上にこの夜を更かしたり

ふちうすき錫の器にくちふるる老いやうを汝は選りて冷えゆく

あぢさゐの球《きう》ふかくまで差し入れてわたくしといふ手の濡れそぼつ

水槽に骨透くる魚透けながら魚は互ひを逐ふとき迅し

窓鎖して朴の花より位置高く眠れり都市に月わたる夜を

陽光の射しとほりたる朝の道に花舗を一縷の水が漏れきぬ

その羽に天ひるがへし身に享くる時間せまくはなきかつばめよ

手の青くしづむ泉のごとき宵こころ堰くすべなくは触れ来な

時計草散りゆくさまを知らざればその実在をすこしうたがふ

特急の窓に凭るるまどろみはやがて筋《すぢ》なす雨に倚りゐき

灯さずにゐる室内に雷《らい》させば雷が彫りたる一瞬の曇

鶺鴒と沢のひかりとくぐりあひ汝が否みゐる来しかたの汝よ

行き会へば歩をそらしゆく山鳩の脚に落ち葉の音はしたがふ

真の檻には格子なく錠のなく空地にほしいままのひるがほ

豆の袋に豆の粒みな動かざるゆふべもの食む音かすかにて

軀なきままに逢ふべし並木ゆき麻酔のごとき蟬声のはて

老いてわれは窓に仕へむ　鳥来なばこころささげて鳥の宴を

幹に手をあてて仰げど末《うれ》たかくほとんど声として在り鳥は

鉄扉

請ふならば灯を、黙しあふための夜を　ふるき鉄扉のやうなひとりに

木犀のこぼれやまざる地上にて生ける軀を置く秤あり

昨夜《きぞ》われを抱きゐし葛を刈りはらひ駅が建つとふ誰もかへり来な

梨剝きて梨のかたちの刃の痕を空ひろき日の昼餉となせり

蝸牛這ふ動きのなかに口ありて食はおのれを引き寄するわざ

手には手にて応《いら》ふほかなし水辺《すいへん》のその水ほどに在りたかりしを

ローズマリーを撫ぜてかをれる今朝の手は抛《なげう》つものもはつか香らむ

問ひ

眼を暗き硝子の球に入れかへて時の庫《くら》より鳥を盗みつ

ことばにて埋《うづ》めたまふな肩さむく倚りたる幹に洞《うろ》ありとても

まならにやはらかき芝　踏み込まば野火のごとくに鳥が発たむよ

割れて桔梗に砕けて萩になりしもの雨に濡らしてしまへばしづか

つひにきみはひとりの問ひとして立てり影に色ある曇の朝《あした》を

碇

かたむけてゆるやかに流れいづるまで待たずきみより手を離しにき

この都市の芝の上にてすれちがふ鴉に白き虹彩ありぬ

白昼をすももひとつとともに来て持ち替へながら浜をあゆめり

あぢさしに魚獲《うを》られたるきらめきのまぎれて広くまた波の来る

かつて身のふかくに母語は植ゑられて碇のごとく持ち重りせり

まつすぐに木の半身の夕映えぬ享けつくし忘れはてたるあまた

ざくろ割れば粒ごとに眼のひらきゆき醒めてかをれる果実のねむり

したたる

奔流に渦ゆがみつつ朝川は素足さす陽を研ぎすましゐむ

朴の葉のすみやかに落つみつむれば白く磨《す》れゆく氷雨の昼を

おもかげを思ひさだめて待つ駅にすでにいくたりの影踏みて来し

水仙をわれは嗅ぎ汝《な》は見てゐたるそのまなざしのはつかはづれをり

陽をあはく負ふ猫柳　さし伸ぶるふたたびは手袋をはづして

遠ければひよどりのこゑ借りて呼ぶそらに降らざる雪ふかみゆく

手をたまへ　双手《もろて》に白き椿しぼりしたたるごときひとときを逢ふ

光の人

奔りきてもみぢつらぬく一瞬をひかりなりにしひとに問はばや

浜風にもろきともし火　まばたけば闇夜の海と空溺れあふ

意志寒くきみを離《か》れをり窓つたふ雨のけはひに身のとがるまで

枝の影をゆるやかに踏みたどりゆくあそびのはての幹ふかく嗅ぐ

朝の陽は硬く充ちゐき蜘蛛の糸に触れて切らざる指のしじまを

つめたさよ　青磁のあをのみなもとと抱《いだ》かれて骨満つるからだと

冬鴉空のなかばを曲がりゆきひとときありてとほく来るこゑ

息を聴く

置時計売場の正午つと過ぎて正午を飾る楽《がく》あふれたり

煮魚の顔より肉をはづしゆき冷めたるころに釣針に遭ふ

葡萄酒に酔へば指まで脈ふれて水銀ふるふごとききみかも

枝しなふ柘榴へと手を伸ぶるときわが手は加速してわれを牽く

身の芯を引き抜くごとき飛びやうの抜ききつて死ぬ蜻蛉《とんぼ》のあらむ

いきものよ声よりさきに耳を得てかたみに鰓の息を聴きしか

草の間《ま》の翳を増しつつ去る夏はほころびふかき裾を引きゆく

きみの割る梨は濡れたる鏡ほどかがやけり　刃をしばしとどめよ

金網の柵やぶれゐて暮れがたはひづみつつその影の破れ目

溺るとはいかなる深さ　降《ふ》りそめて舗道の窪に浮く灯火あり

野の鳥

魚の聴く水面の雨よしづけさへ逃げかへりゆくその背鰭みゆ

くちなしの香るあたりが少し重く押しわけて夜のうちを歩めり

きみは野の鳥ならねども足音のしづけき靴を選りて会ひにゆく

葉脈の彫りたどりつつ蟻の来て今朝の雨滴をよけてゆきたり

信ずべき計らひあらば　あさがほに折り目の五すぢのこりてひらく

野分の朝顔《あさがほ》はせたまふ　といふ誤読あを涼しきよ馳せにし花は

引き潮にとらるるごとくきみ眠り背《せな》に添へゐしわが手を離《か》れぬ

生きながら軀は黴ぶることありとけさ青天を肺へ沈めつ

剖《ひら》きゆく刃のしびれむか言語野の白さ柔さは雪にあらねど

呼吸かすかにけば立ちてをりかきくらしいまに豪雨の来む路上にて

睡蓮のつどふ水平　生きしのちを搬びいださるるひとの水平

白布《はくふ》にて急須をぬぐふ手のすがた怒りはきみをいかに刻《こく》せし

地中まで濯ぎし雨後にかぐはしくたとへば柑橘の交配おもふ

鳶すべる空は幾重の絹ならむ躲すつばさにまた添ひながら

きみの項《うなじ》に裂け目のごときものありて日々存在の血のしづくせり

鳥をおもふこころやまざり硝子戸に木漏れ陽のちぎれとぶ風の日を

日暮れにはまだ時ありて蜂は音、蝶は影とぶあざみのめぐり

なだれゐるしぶきゐる萩を愛せむに軀ごとそのただなかへゆく

木々の間《ま》に座すひとときをかすかなる鳥のうごきの見えそむる秋

四十雀《しじふから》のこゑを教へてきみの窓をしじふから来る窓となさむよ

Ⅲ

みぞれ

降《ふ》りやうのかすかに遅くなりて雪　籠るひと日の暮れかかりつつ

櫛つかふ腕が痛めり圧《お》しつづけし心臓すでになきこの夜を

底冷えよ圧しゐる者の手の熱が胸骨の上のみに移りゐき

胸骨を手放す時刻　頭《づ》を垂れて生への門を閉ざせる時刻

またひとり乗せてちかづくサイレンの音なほ高きままに途切れぬ

脳を撮るしばしを暴れゐる人はなかばより脳の像傾《かし》ぎたり

頭部裂創縫ひ終ふるころ酔ひすこしさめて嘆かふ喉ふかきこゑ

電飾の灯らずにある中庭に診療棟の夜は明けそめぬ

胸に耳　きみに倚るとき風落ちてひしと音せぬ胸をおもへり

みづからを送らむ舟を彫りいだす鑿《のみ》ありて鋭《と》く時を彫らむよ

小窓

水たぎち水の匂ひをたててをり匂ひとは在るものの断片

曇天の重さまされる暮れがたに射よとふごとき朱のからすうり

豆を煎る機械のうちに火の燃えて火をたしかむる小窓のありぬ

きみの買ふ果実の色よかの都市に鷲の意匠の硬貨をにぎり

うす雲を広く漉く空　もろともに光の斑《むら》のなかを流されて

頬ふれてもろき花粉をこぼしたる山茶花のいまさかりの白さ

海みればそのたび海に浸さるる感官を、したたれるよろこびを

藤と眠り

みひらけどみえぬさくらよちりゆけば息つまるまでけはひみつるを

かなたより墨の匂ひの染みながら雲の重みに空くづれそむ

電子音ふとしづまりて病棟の夜に雨天のうすあかりせり

藤のこころにちかづくなかれ　捕はれて逆さ吊りなるいくたりの髪

ひびきたる音は浅蜊のみじろぎの卓にはつかの水こぼれをり

揚雲雀喉ひらくとき体内にひとすぢ初夏の陽は至りゐむ

麻の眠り、罌粟のまぼろし　みどり増す窓におのれの淡き顔あり

衣と骨

あぢさゐの天球暮れて風わたる世のうちそとよ髪ほどきたり

往来の影なす道に稚《わか》き鳥発てばみづからをこぼしてゆきぬ

衣《きぬ》のごとく骨のごとくにひらきたるからすうりこの紺のゆふべを

木星に瞑らぬまなこひとつありて画面灯れる奥にて見《まみ》ゆ

音、雨となるつかのまを色あらぬ血に湿りつつ蛸を切りゐき

殻を捨て身を捨て蟬の奔らむに闇まだらなる嵐来てをり

乳鉢に磨るみづからの骨片のやがてひそかに火を孵すべし

錫の光

きさらぎの錫の光の朝々を裸身にて木は奔りゆかずや

皮膚すこしあざみに破り冬の野の生きて渇けるなかへ入りゆく

曇天は鰈の裏のごとくありて見ひらけば眼を圧して触れ来ぬ

峰越えて陽のおよびつつ薄氷は水のおもての筋なすあたり

朝いまだ城のごとくに冷えゐるをつらぬきとほる肉体の鳥

飲食《おんじき》は火だるま、ましてシナモンの遠き幹より剝ぎきたる香は
芝の上に梢の影のゆれみちて日没のこの時を狩るべし

立ちつくすとふ出発のありやうの風はやくして花はしる空

静水

小鳥の巣ほつれそめつつビニールは夕べの弱き光にうごく

しばし持ちて歩きたるのち置いてゆく選りしひとつの椿の落花

すずかけの鈴をほぐせば手にあふれ聴こゆともゆめ言ふことなかれ

籤《くじ》引いて覚めたるごときこの朝を薬草園に水仙とあふ

春咲かむつぼみを食みてながらへてうつつには鳥を発たしむるのみ

静水にこゑなからむに湛へゐるグラスの影のうちのかがやき

ことばにて墓建てつげばおのれにはより美しき墓欲りやまず

月光

ひかりにて木々を綴れる冬の夜の都市へ暦を買ひに出で来つ

湧泉のごとくおのれを脱ぎつくす花の朝《あした》の白き木蓮

窓辺より時は染みつつしづくする輸血に誰そと問ふもしづけし

もののこゑせぬはつなつよ翳りきてこなた指差す巨《おほ》き手の見ゆ

秒針の音をりをりにかへりきて聴覚は時の傍《かたへ》に座せり

夕立の過ぎて匂はぬ精神の個室にけふの水仕事終ふ

空港に月出づ　月の下なれば在らざるごとくわたりゆくべし

星ふるふ

東京の隙間に葛の踊りつつ溺れつつ夜の風深くなる

風に薄るるもののごとくに身をなして乳液の香のうちのジャスミン

労働のあひまにしばし夜を眠る部屋はおのれの髪捨ててあり

ひとひらをひとひやしなふ陽光を瞑りおもふに薔薇もまた星

木犀の呼吸のうちをゆく夜を苦しめる木は濃くにほひたり

われは踊れる水にすぎぬを総身に針をはぐくむ木々にふれゆく

遠き木の尖《さき》より鵙のこゑ降れば鵙の統べゐる野よまぶしかり

息ふかくきみ眠りをりこの闇にらふそくの火のごとくほどけつつ
よろこびは群れて来たりぬみづからを焚きてふくらむ冬の小鳥よ

けふを発つためなる柚子を身に提げて並木の影の明滅をゆく

はるかに曳かれゆきたるごとく雪の上《へ》に累々と人の跡つらなりぬ

天球の朝かがやきはくだりきて像《かたち》となりぬ雪に鶺鴒

冬の星ふるふはるかに身を断ちておのれ放てる者の噺き

日々もろき靴にあゆみて花の芽の鞘裂けそむるさまにあひたり

夜の頰をぬるき大魚のよぎれるは春ならむかの往かざりし春

有つ

春よいつしか喉よりあふれ植物の断片を身のかぎり詰めゐき

さくら満てり天にひそめる嘴はするどく硬く蜜突きに来む

色彩は窓に濡れつつ降りやまぬきのふの雨の奥の山吹

雉鳩のこゑまぢかにて軀ごとうづむるごとく歩をとどめたり

家屋よりジャスミンなだれ何者かこの世にてジャスミンを有《も》ちゐる

風くらくそよげる蔓に額《ぬか》ふれて藤に狩らるる肉すずしかり

青きもの欲る鳥あるに夜々研げることばのあををいかで頒たむ

往路

朝の陽のいまだ脆きにひとときの拍手のごとき川面を越えつ

電球の光の錐《すい》のもとに来て無花果を裂きひらきたり手は

その雨の一滴を射よ　錆びながら仮にも燕なりしこころに

桐箱の苺に白き額《ぬか》ありて往かむほかなきごとくに揃ふ

時をやや先に行かせて道の辺に鳥の散らせる花を浴びゐつ

核

焼菓子のごとく照りゐる秋の核を見しとおもへり窓ふかくして

消灯ののちキッチンに立ちてあふ地震《なゐ》のさなかを桃の匂へり

嘴《はし》ちかく鴉来てをりかがやける鉄と脂の都市の真昼を

道はいづくも地の傷なれば都市よりも道をほろぼすこと難からむ

砂の面《も》に輪のひとつゐがかれてあり疾く翳りややありて明るむ

蛹

やや冷ゆる朝を出で来つ旅の身に乳歯のごとき真珠を挿して

飲食《おんじき》のため御する火のとりどりに並びて市に湯《タン》を煮る鍋

翳ふかき路地のはざまに往年の醬油の瓶を売る店ありぬ

繁体の活字の限りなき棚にくさかんむりの一隅やさし

直射光軋めるごときこゑのして見れば路傍の籠なる鸚鵡

都市といふとはの蛹よまだ柔き舗装の熱を走つて渡る

誰か先を走る足音、　この靴に足を削ぎつつゆく歳月を

夜の雲を抜けて降《お》りゆく東京の光の縁《ふち》は海に滲めり

短髪

沈丁花かをるほとりよ膝つけば創を濯げるごとき時ゆく

小禽のあらそふ声のしてゐしが止みて一筋の崖となりたり

窓すべて鍵さしたれど夜よりもおほき翳来て夜を覆ひゆく

風わたる稲の短髪　見下ろせば統べ得るもののごとくに思ふ

病室にひとを封じてその窓の景かすませてゐる雨の数

この鼻を、口を封ぜよ　ことばより声よりふかくわれを封ぜよ

夕映の空にひらたき影を置く睡蓮みえて沼のさざなみ

篩

炎天をゆく鳥なくていづくにか警報止まぬごとくしづけし

地にかろく降る百日紅身を挽きてつね鮮しき色を差し出でよ

木箱ひとつ卓にひそけく目瞑れば身に入《はひ》りくる雨音の都市

みづからの顔をおほかた裂きながら青鷺は大き魚のみくだす

夕立ののち明るめるひとときを地は箔押しのごとく濡れてあり

たれか呼びて次第にかすれゆくこゑよこの夕映に幾年の経る

踏みはづすならばおのれを　くろがねの篩に揺らされて歩む世に

日のひかりひしめき立てり彼岸花のさしかはしたる爪のあはひを

目のあらき陽の散る道と見上ぐるに風に欠けゆく鈴懸の秋

波のごとく伽藍のごとく崩えゆかむ世は木犀の香の盛りなり

あとがき

二〇〇八年のある日、まだ一首の歌も発表していなかったのに私は、自らに筆名をつけた。幼少期からその時点まで、自室の窓から見ていた光景は、隣のマンションの白いタイルとその上に張られた電線がすべてだった。その電線にときおり雉鳩が来て啼いた。

この歌集には二〇〇八年から二〇二一年までに製作した三〇四首を収めました。この間、私に歌を続ける力をくれた本郷短歌会や穀物の仲間たち、歌を評し導いてくださった方々、歌集出版にあたりご尽力くださった方々に、厚く御礼申し上げます。

二〇二四年　晩夏

小原奈実

小原奈実　おばらなみ
一九九一年東京生まれ。第五十六回角川短歌賞次席。
東京大学本郷短歌会（現在は解散）、同人誌「穀物」などに参加。

声影記

二〇二五年二月三日初版第一刷発行
二〇二五年四月二十四日初版第二刷発行

著者　小原奈実
発行者　上野勇治
発行　港の人
神奈川県鎌倉市由比ガ浜三―一一―四九
〒二四八―〇〇一四
電話〇四六七―六〇―一三七四
ファックス〇四六七―六〇―一三七五
www.minatonohito.jp
装丁　港の人装本室
印刷製本　創栄図書印刷
ISBN978-4-89629-451-4